NOSTALGIA DEL CAMINANTE

NOSTALGIA DEL CAMINANTE

Rafael Angel Barroeta

Nostalgia del Caminante
Copyright © 2020 by Rafael Angel Barroeta. All rights reserved.

No part of this publication may be reproduced, stored in a retrieval system or transmitted in any way by any means, electronic, mechanical, photocopy, recording or otherwise without the prior permission of the author except as provided by USA copyright law.

The opinions expressed by the author are not necessarily those of URLink Print and Media.

1603 Capitol Ave., Suite 310 Cheyenne, Wyoming USA 82001
1-888-980-6523 | admin@urlinkpublishing.com

URLink Print and Media is committed to excellence in the publishing industry.

Book design copyright © 2020 by URLink Print and Media. All rights reserved.

Published in the United States of America
ISBN 978-1-64753-409-7 (Paperback)
ISBN 978-1-64753-408-0 (Digital)

Poetry
09.06.20

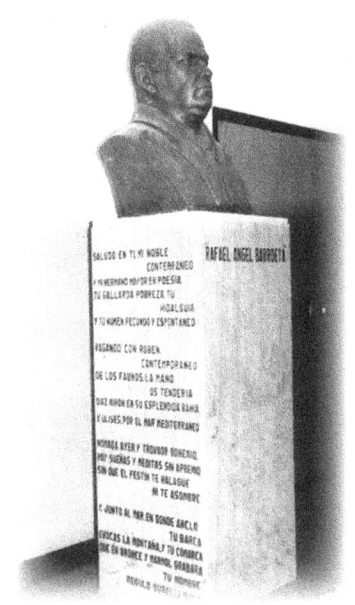

Busto en Bronce del poeta Rafael Angel Barroeta, en el Pórtico del Ateneo de la ciudad de Trujillo, y en cuyo pedestal está grabado el hermoso Soneto que el poeta Régulo Burelli-Rivas, dedica en honor de su compañero de sueños y de Letras Rafael Angel Barroeta. Trujillo. 27 de diciembre de 1.974.-

Auditorio Simón Bolivar Palacios
Complejo cultural Ruiz
28/02/2.012

Autor expresa agradecimiento a sus amistades en su soneto PREDILECCIONES Líricas página 34.

Indíce

Palabras para este Libro 1
Axiomas 3

Conceptos sobre Rafael
Angel Barroeta
   Conceptos 7
   Elogio de su Amigo Parisién 11
   Pórtico 13

Sonetos
   Rubén Darío 19
   Desfile Olímpico 20

Otros Sonetos
   Nostalgia del Caminante 25
   ¡Ayacucho![1] 26
   El Poeta 27
   Lógica... 28
   A mi Pueblo Natal 29
   Ancla 30
   La Montaña 31
   Deleite Vespertino 32
   El Cardon 33
   Predilecciones 34
   Al Pueblo de Macuto* 35
   El Avila* 36

¡Simón Bolívar!* 37
La Madre 38
Tu y Yo 39

Poemas
Exortación a los Poetas 43
Sueño de la Resignación y de la Vida......................45
Gusto Pastoril 49
Plegaria Lírica al Libertador 51
Salmo Lírico 56
Rapto 57
Invitación al Inmigrante 58
Evasión 60
Contraluz 61
Imprecación 62
Metempsicosis 63
Divagaciones 66
El Millonario 68
Salmo a la Muchacha Pobre 70
Églogas de la Montaña 72
La Desventura Azul 74
Ruego 76
Epílogo 79
Sangre de Espíritu 80

Otros Sonetos
El Verso 85
El Tríptico de las Transiciones 87
La Divorciada 90
Vesperal 91
Nuestra Casa 92
Atardecer Marino 93
Sacrificio 94
Nostalgias de mi Tierra y de mi Vida 95

Endecasílabos
　Salmo Marino 107
　Alma Helénica 108
　Norma 109
　Frente al mar 110
　Júbilos de Otoño 111
　Todavía 112
　Itinerario 114
　Extravío 115
　El soneto 117
　Evasión 118
　Pasión 119
　Contrastes 120
　Nostalgias de la Tarde 121

Lagniappe
　Tu estas en mi, yo en ti 125

Palabras para este Libro

Independiente de escuelas y tendencias, nutrida por la belleza que emerge del paisaje y de la emoción con que palpitan los más nobles sentimientos humanos, la poesía de Rafael Angel Barroeta ha sabido como pocas, entrar en el corazón de su pueblo. Con la espontaneidad del agua entre los céspedes, del viento que mueve los trigales y cala en los repechos y hondonadas, los versos de este gran rapsoda montañés han sido y serán siempre solaz y deleite de quienes sueñan, antifonario del amor feliz, brevario de las horas tristes, guía de la soledad y de la nostalgia, canon de de la resignación y de la renuncia. Pero también estímulo de la lucha, acicate de brava rebeldía, protesta contra la opresión y la injusticia, vituperio a la ruindad, a la proterva y a la engreída ignorancia. Poesía buena como el vino y el pan, la de un hombre leal y generoso cuyo corazón se ha mantenido constantemente al lado de los desvalidos. Poesía realizada con disciplina y amor, la de un artista verdadero, cuyo espíritu ha logrado mantenerse en estado de gracia y de elevada emoción.

Poeta virgiliano, la atmósfera que vibran sus mejores ritmos es el paisaje agreste de la infancia. Pampanito, Mendoza,—San Jacinto—con ríos y árboles y muchachas en flor entrevistas en un claro de luna. De un romanticismo depurado, de una melancolía sin amargura, de una efusiva compasión humana, la musa de Barroeta, airosa y siempre juvenil, asomada de preferencia al balcón de la tarde, halla

Rafael Angel Barroeta

en vuelo de una golondrina la aspiración a la felicidad inalcanzable, y en versos que no se olvidarán resume la angustia del corazón; la ilusión del amor y el éxtasis fugaz del instante. Su poesía toda, permanente lección de dignidad y pureza lírica, es un árbol que canta bajo las estrellas.

RÉGULO BURELLI RIVAS.
Caracas, 1975

Axiomas

El poeta es el supremo artista, el es maestro del color y de la forma y el músico ideal que señorea sobre la vida y las artes de todos los tiempos y de toda la existencia. Para el no hay formas anticuadas ni temas pasados de moda.

—OSCAR WILDE, Anglo-irish playwright author. "Mr. Whitler's Ten O'clock," Pall Mall Gazettes (London, February 21,1885).

La vida ha sido tu arte. Te has dedicado de lleno a la música. Tu destino son tus sonetos.

—OSCAR WILDE(1854-1900) Lord Henry to Dorian Grey, "In picture to Dorian Grey, ch." (1891).

Rafael Angel Barroeta

Mi intelecto libré de pensar bajo.
Bañó el agua castalia el alma mía,
peregrinó mi corazón y trajo
de la sagrada selva la armonía!

—RUBÉN DARÍO, "Cantos
de vida y esperanza, los cisnes y
otros poemas" Madrid, 1905.

Conceptos sobre Rafael
Angel Barroeta

Conceptos

… Advierto, a través del hermoso soneto que me dedica y por el cual le doy gracias, que es usted un poeta altivo y vigoroso.

—RUFINO BLANCO FOMBONA
(De una Epístola desde los Teques)

… Sigue vigente en mí para cuando lo desee, el espontáneo ofrecimiento que le hice de prologarle su libro de poesías, pues le considero uno de los poetas más armoniosos y emocionados de nuestra maravillosa montaña.

—JOSÉ DOMINGO TEJERA
(Epístola desde Maracaibo)

Es usted un poeta de ágiles ritmos viriles.

—JESÚS ENRIQUE LOSADA

… Nutrido de la más pura savia trujillana ha sabido comunicar a su poesía todo el color y sabor del lar nativo. Trujillo ha sido y es tierra de excelentes poetas. En todas las épocas y en todas las escuelas han sabido descollar con brillo, pero ninguno hasta la fecha, ha captado como Barroeta, el vaho armonioso que se desprende de las cosas trujillanas.

—MARIO BRICEÑO PEROZO

En la antología que haya de formarse de los sonetistas venezolanos—hay no pocos excelentes y algunos dignos de selección universal—Rafael Angel Barroeta ha merecido que lo fije la experiencia crítica en sitial envidiable: "espóntaneo, inspirado, polífono". Tenemos que agregar el rango humano ennobleciente: la generocidad, la magnificiencia con que cincela y abrillanta esos medallones, no para subastadores ni magnates, sino dedicándolos a sus maestros y compañeros de arte, limpidez cordial igual al esmalte en que inscribe esas leyendas biográficas. Trabajo díficil y finísimo, de miniatura, que el realiza sin prostituir el estro.

—HUMBERTO TEJERA, México 1965

…Veo que Rafael Angel Barroeta no solamente es un gran poeta, sino que criterio vuela tan alto como sus endecasílabos.

—ALFONZO CAMIN, México

…Rafael Angel Barroeta es el poeta venezolano que más se acerca a Darío, a pesar de ser el nicaragüence inacercable. Sin embargo, Barroeta, poeta serrano, fiel intérprete de delincuentes atardeceres, del viejo campanario de la aldea, inteligente cincelador de todos los encantos ecólogicos de la montaña, es a mi juicio, el poeta que más se acerca, en Venezuela, al padre eterno de todos los poetas de América.

—ENRIQUE CASTELLANOS

…Tiene usted esas dos grandes características de un buen poeta: inspiración y armonía.

—JESÚS SEMPRUM

Rafael Angel Barroeta es un hombre leal en la amistad; y su poesía es alta como un picacho de su montaña natal. Por ello lo aprecio como muy bien lo merece.

—UDÓN PÉREZ

Rafael Angel Barroeta nació para cantar y ha cumplido a cabalidad su noble destino. Pájaro de la montaña, su canto es espóntaneo. En su voz vibran las siete cuerdas de la lira de Apolo y las siete cañas de la siringa de Pan. La Poesía y la Naturaleza han sembrado rosas y laureles en su jardín. Yo saludo su **nostalgia de caminante** en el perenne florecer de sus ensueños líricos.

—JORGE SCHMIDKE

… Le agradezco mucho el regalo y crea que con gusto he empezado a leer sus versos finos y románticos. Su soneto La Monja[1] me parece una delicada estampa, muy bien trazada y limpio y suelto el endecasílabo.

—DIEGO CÓRDOVA

---

[1] Negro traje talar… Ni'vea gorguera;
suave el mirar bajo el perfil adusto;
leve palor en la imprecisa ojera,
y un Cristo en cruz sobre el pomar venusto.

Mudo primor de trunca primavera
en la ilusión de presentido arbusto;
la boca en dulce evanecer de cera,
grave el andar y el ademán augusto.

Vida parajodal que reverencio,
hecha de sacrificio y de silencio,
sin vanidad y sin alardes fútiles.

¡Pero es triste, mi Dios, ver esas vidas,
para el concierto universal, perdidas,
para los goces del amor, inútiles!

Elogio de su Amigo Parisién

Eduardo A. Ramírez.

Alguien dijo que "lo clásico esta pasado de moda". Como si lo clásico fuera una moda. Lo mismo se dijo de lo romántico, como si también fuera moda, cuando se trata de estados de alma universales, anteriores a la escritura misma del verso. Romántico y clásico son formas especiales de sentimentos eternos, de Homero a Shakespeare y a Baudelaire.

Recuerdo todo esto a propósito de **Rafael Angel Barroeta**, Poeta: de todos los tiempos, de todas las edades. A propósito de **Barroeta** dijo alguien que "sus libros de versos en forma pasada de moda no se leen ya". Ese "presentista" delirante, tampoco debe leer a Píndaro ni al Dante, ni a Byron, ni a Rubén Darío ¡el pobrecito, de lo que se pierde! **Barroeta** es un Poeta total, que escribe en forma clásica.

Conste que no nos hemos visto ni nos veremos nunca, él y yo, pero eso no importa. Entre poetas, así, sin conocerse y de lejos, es una eterna, una perpetua conversación, un parloteo sin palabras, una "etente" no sólo internacional sino entre vivos y muertos.

Los versos de **Barroeta**, como los de Góngora o los de Antonio Machado, son versos que parecen estar amadrinados por un Hada, de tan perfectos. En la memoria de los autores sensibles esas estrofas vienen de vez en cuando, se insinúan, como esas flores que pone, y que uno encuentra años después, entre las páginas de un libro bienamado, señalando un verso que nos impresionó particularmente.

Su pureza interior se desdobla naturalmente en su pureza de escritura clásica: ambas testimonian al vate encarnado en un ciudadano de la Venezuela actual, como Ronsard era un poeta encarnado en un súbdito de la Francia de Francisco Primero, y Bécquer era un poeta encarnado en un ciudadano de la España de María Luisa.

Amigo **Barroeta**: Literariamente le escribo estas líneas insignificantes, pero trascendentales porque hablan del Poeta y de la Poesía en el momento que se va a editar un nuevo libro de versos suyo. Usted como poeta alcanza la dimensiones de Musset, Heine, Lupert Brooke, Chopin y Fidias, sin dejar a un lado a Marie Laurencín. En fin es un rapsoda total.

Lo abraza desde las orillas históricamente literarias del Sena,

Eduardo Aviléz Ramírez
Enero de 1976

I

Pórtico

A Rafael Angel Barroeta.

Rafael Angel Barroeta,
noble y romántico poeta
venezolano:
venga esa mano.

Toda la vida es un camino,
todo poeta un caminante;
hasta en el cielo vespertino
brilla un diamante.

Lira o espada, risa o llanto,
eres ensueño en la jornada
y con la alondra todo el
canto de la alborada.

Sobre los rudos rascacielos
y el petróleo de Venezuela,
sé como el cóndor en sus vuelos
y aire en la vela.

En el Atlántico que baña tu
territorio, en el Caribe
y en la del Cid, lengua de
España, grita: ¡Quién vive!

II

Sé como eres, cuerdo o loco,
con tus impetus soberanos;
ancho y rugiente el Orinoco,
boa de plata por los Llanos.

Cuelga de un tronco tus hamacas
y en los ojos siempre el anhelo,
desde el púlpito de Caracas,
mira tu cielo.

En las empresas siempre grandes,
entre las mieles o el acíbar,
ve quién escala por los Andes:
Simón Bolívar.

Como los Páez en bravura,
agigantándose el jinete,
sé otro jinete en la llanura
lanza y machete.

Nunca digas como Andrés Mata,
"vuelven las aves a su alero";
tiñe las olas de escarlata:
Drake en velero.

Oro tu verso, hierro al cinto,
no se malogren tus afanes
y que no traiga Carlos Quinto
más alemanes.

III

Sé como antaño fue Andre's Bello.
tórrida zona,
y la tormenta en el cabello,
Blanco Fombona.

En el ensueño en que descuellas
sé otro García de Paredes;
y en los mares de las estrellas
tiende tus redes.

Brillen tus versos como soles
entre los condores altivos;
en los crisoles españoles,
oros nativos.

En la tormenta y en las calmas,
en la llanura, en la colina,
cuida tus ceibas y tus palmas,
canta y camina.

Rafael Angel Barroeta,
noble y romántico poeta
venezolano:
entre el azor y la garceta,
la Sierra Madre, el Océano,
¡venga esa mano!

—ALFONSO CAMÍN
México.

SONETOS

Rubén Darío

¡Oriundo de las Hélades! Panida trasatlántico,
que olímpico encendiste tu lámpara augural,
y al autóctono influjo de tus sueños, tu cántico
fue un nuevo Apocalipsis de gloria universal!

Como en los sortilegios del arte nigromántico,
tu voz lleno las almas de asombro emocional,
y al par moderno y clásico fuiste épico y romantico,
el Rey de un vasto Imperio que no tendrá final.

Faunos anacreónticos y diosas voluptuosas,
juntos a cisnes y lagos, te coronen de rosas
y Pan glose en su flauta las quitas del quetzal.

Y en tanto yo, en tu ofrenda, desde mis playas oro,
proseguiré escuchando tu caracol sonoro
verter en mis sentidos su música inmortal!

Desfile Olímpico

I

Canta Peréz Bonalde todas sus aflicciones
en su "Vuelta a la Patria"; su perfil aquilino
yergue Blanco-Fombona contra los aquilones;
Mata llora en sus "Arias" como el alción marino.

Udón Pérez, el vate de multicordes sones,
nos dice la Leyenda del Lago cristalino;
suspira Sánchez Rubio; y en aúreos Medallones
troquela Jorge Schmidke su verso florentino.

Juega Arvelo-Larriva con la onomatopeya;
Arreaza Calatrava rima nuestra Epopeya,
mientras Alberto Arvelo da sus "Cantas" bizarras.

La pompa de sus llanos Lazo Martí describe;
y en tanto Andrés Eloy traspasa el Mar Caribe;
Sergio Medina suelta sus líricas "Cigarras".

II

Pulsa Burelli-Rivas con sabia maestría
las cuerdas de su cítara de sugestivo són,
y desde ignotas tierras hasta su serranía
nos dá diáfana y pura su musical canción.

Héctor Guillermo al paso de su melancolía
va deshojando ritmos gratos al corazón;
y Briceño–Perozo bajo su cielo un día
suena su dulce tiorba a con natural fruición.

José Parra y Rodríguez Cárdenas, sus timbales
y sus pífanos tañen con donaires iguales,
mientras Cornet el sistro que el viejo Pan le dió.

Faltan nombres que hacen la escala trunca,
pero a quienes admiro como no lo haré nunca
con los que nos marginan, cual los margino yo!

OTROS SONETOS

Nostalgia del Caminante

Soy montañéz y vine de la montaña un día
buscando mundos nuevos para mi corazón:
en el alma un autóctono grito de rebeldía,
y en la boca el agreste ritmo de una canción.

Del viejo lago Indiano gusté la poesía;
del mar de los Caribes el indohispano són;
me dió su copla el llano, la selva su harmonía
y el Avila diuturno su alegre floración.

En justas apolíneas ornó el laurel mi frente.
En labios de mujeres sacié mi sed ardiente.
Ingenuo en mi optimismo, supe del bien y el mal.

Mas, hoy que sólo un ansia de paz en mi alma existe,
quisiera irme por siempre bajo la tarde triste
hacia el remoto encanto de mi terrón natal.

¡Ayacucho![1]

Del agrio Cundurcunca en la escarpada cumbre,
a los rojizos rayos del calcinante sol,
el General hispano, bajo la azul techumbre,
perfila su prestancia seguido de su estol.

La Mar y Miller, ¡Córdova! La patria muchedumbre
de Marte y de Vulcano fundida en el crisol,
igual que en cien combates, por defender la lumbre
de su ideal, se enfrenta de nuevo al español.

Laserna urge el coraje de sus bravas legiones.
Es mortal el encuentro...Caen los pabellones
de la Iberia bizarra... Vibra un himno triunfal.

Y plasmado el anhelo de los Libertadores,
asombro de vencidos y honor de vencedores,
destaca su gloriosa figura el Mariscal!

---

[1] ¡Ayacucho! sonnet, the superscript 1 refers to the battle of Ayacucho and it says: Batalla de Ayacucho, Perú: la batalla se desarrolló en la pampa de Quinua en el departamento de Ayacucho, el 9 de diciembre de 1824, cuya victoria selló la independencia del Perú y de América del Sur. Es curioso notar que el 16 de noviembre de 1532, se celebró la batalla de Cajamarca con la captura de Atahualpa constituyendo el fin del imperio Inca a manos de Francisco Pizarro.

El Poeta

El Poeta es un símbolo que Homero
en su clásico exámetro agiganta;
es el ritmo en la magia del lucero
y la emoción en el zorzal que canta.

Es águila caudal cuando levanta
su corazón hacia el azul señero.
Es rito en que el espíritu se encanta
y presencia de Dios en el sendero.

Es el Cid Camperador de la hidalguía.
El que va con sus sueños cada día
decorando con amor los universos.

Es del que clama libertad hermano,
y el que todo lo dá, grande y humano,
en la música eterna de sus versos!

Lógica...

El águila señora perenne de la altura—
desciende algunas veces hasta la tierra llana,
y sin melindres vanos, hunde en la ninfa pura
del manantial, su pico de transparente grana.

Lo mismo el león bizarro—señor de la espesura—
se alonga sin recelos por sobre la sabana,
y al ver ante sus ojos la breve oveja obscura,
inclina noblemente su cerviz soberana.

Entonces, ¿por qué a modo del águila señera,
o de león magnánimo, no escuchas tú, siquiera
la voz del que te exalta y en su humildad te admira?

Es cierto que eres grande, mas, debes ser humano,
pues si la prosa sabes labrar con hábil mano,
¡yo sé como el Poeta pulsar también la lira!

A mi Pueblo Natal

Pampanito, Estado Trujillo

¡Oh, mi pueblo natal, con la frescura
y la voz virgiliana de su río:
con su iglesia de rancia arquitectura
y el verdor de su fértil labrantío.

Su plaza. El murallón... La jefatura.
Un halo de procero señorío,
y allá tras la colina, en la llanura,
oculto entre sausales, el bohío.

Mi casa colonial... Los familiares
coloquios, donde cuentos y consejas
nos llenaban de júbilos albares.

Y todo ese vivir que amo y añoro,
de cuando yo cruzaba sus callejas
con mi chambergo y con mis sueños de oro!

Ancla

Yo fui como esos bravos marinos que en las horas
febriles de su infancia se fueron por el mar,
airosos los velámenes, contra el turbión las proras,
la vida a los volubles caprichos del azar.

Mis ojos anhelantes de Pafos y Basoras
buscaron muchas veces sus puertos de arribar,
y en donde a los embrujos de cítaras sonoras
y en brazos de Julieta, me halló la luz solar.

Mas, hoy a la manera de aquellas navecillas
a quienes la carcoma les quebrantó las quillas,
frente a estas latitudes anclé mi corazón.

Y así como a los viejos y tristes marineros,
a mi alma la consuelan, la luna en los uveros
y el ritmo de las olas del mar en el playón!

La Montaña

Es hermoso mi origen… La armonía
del Boreas vibra mi silencio puro.
Yo vi a Jesús en su Sermón un día
y a Bolívar pasar hacia su futuro…

Me encanta ver el águila bravía
sobre mi dorso milenario y duro,
y ver cómo se hermana con la mía
la voz del agua en el pomar maduro.

Tengo viñas y árboles y flores,
y una eclosión de pájaros cantores
dando al azul sus músicas extrañas.

Y para ti, poeta o peregrino,
tengo estrellas y sol en mi camino
y remansos de amor en mis cabañas…!

Deleite Vespertino

Pláceme reclinarme no lejos de mi casa
en un escaño antiguo, cuando el atardecer,
para ver las campiñas y la gente que pasa
entre la lucha sórdida del diario acontecer.

Un hálito de sueños nostálgicos se enlaza
a las evocaciones de mi remoto ayer,
en tanto veo gustoso bajo la lumbre escasa
del sol, las golondrinas a mi balcón volver…

Pienso en mi vida nómade, y agradecido entonce,
bendigo a los que un día, en sempiterno Bronce,
mi pálida semblanza, dignáronse plasmar.

Pasan mujeres y hombres raros y melenudos;
algunos me saludan, otros me miran mudos,
mientras que yo sonrío frente al azul del mar!

El Cardon

Para mis amigos.

Hermano que en la ríspida llanura
o entre las altas rocas de granito,
te yergues pensativo ante la oscura
desolación del ámbito infinito.

Enredan en la tórrida verdura
que decora tu vida de proscrito,
su lumbre el sol, y el viento, su voz pura,
como sobre un altar cúmplese un rito.

Avidos de tus pomas y tu flores,
en giróvagos vuelos, he mirado
raudo tropel de pájaros cantores.

Y en praderas, y llanos , y colinas,
padeces como Cristo, coronado
y vestido de innúmeras espinas!

Predilecciones

LÍRICAS

Amo la aristocracia del talento... Me encanta
la gente en la que advierto pronto su señorío,
tal como me deleitan el pájaro que canta
y el huerto con sus rosas trémulas de rocío.

Mirar cuando hacia el etér tranquilo se levanta
en suaves espirales el humo del bohío;
y cuando con graciosas timideces, su planta
la garza hunde en la móvil transparencia del río.

Huyo de los mediocres y de las muchedumbres,
y me placen las águilas sobre las altas cumbres,
seguras de la fuerza de sus alas sin par.

Admiro a las mujeres que aman a los poetas;
y me gozo quedándome bajo las noches quietas
oyendo entre recuerdos las músicas del mar!

El Cardon

Para mis amigos.

Hermano que en la ríspida llanura
o entre las altas rocas de granito,
te yergues pensativo ante la oscura
desolación del ámbito infinito.

Enredan en la tórrida verdura
que decora tu vida de proscrito,
su lumbre el sol, y el viento, su voz pura,
como sobre un altar cúmplese un rito.

Avidos de tus pomas y tu flores,
en giróvagos vuelos, he mirado
raudo tropel de pájaros cantores.

Y en praderas, y llanos , y colinas,
padeces como Cristo, coronado
y vestido de innúmeras espinas!

Predilecciones

LÍRICAS

Amo la aristocracia del talento... Me encanta
la gente en la que advierto pronto su señorío,
tal como me deleitan el pájaro que canta
y el huerto con sus rosas trémulas de rocío.

Mirar cuando hacia el etér tranquilo se levanta
en suaves espirales el humo del bohío;
y cuando con graciosas timideces, su planta
la garza hunde en la móvil transparencia del río.

Huyo de los mediocres y de las muchedumbres,
y me placen las águilas sobre las altas cumbres,
seguras de la fuerza de sus alas sin par.

Admiro a las mujeres que aman a los poetas;
y me gozo quedándome bajo las noches quietas
oyendo entre recuerdos las músicas del mar!

Al Pueblo de Macuto*

Tú has sido ¡oh, Pueblo! A modo de un mar de poesía
por tu leyenda indígena y tus fecundas eras,
con la maravillosa visión de tu bahía
y el canto de tus aves en frondas y palmeras.

Place a las gentes criollas como a las extranjeras,
vagar por tus riberas desde que empieza el día,
y ver sobre las olas las barcas marineras,
al viento los velámenes surcar la lejanía...

Hoy hay cosas disímiles… Exóticos lenguajes
y rostros enigmáticos enturbian los parajes
que antaño nos mostraron su prístina pureza.

Mas ojalá pervivan, para nuestra alegría,
tus púdicas costumbres, tu autóctona hidalguía,
tus ágapes cordiales, tu paz y tu belleza!

*** Macuto, paraíso tropical frente al mar de
Las Antillas y vecino del puerto de La Guaira,
Estado Vargas, Venezuela..**

El Avila*

Viejo titàn que impávido atalayas
la procera ciudad… Tenues y finas
como velos nupciales, tus murallas
engalanan, sutiles las neblinas.

Ni Aconcaguas, Vesubios o Himalayas,
eclipsan tu esplendor… En tus colinas
hay festines de lumbres cuando estallas
en raudales de fuentes cristalinas.

Desde tus claros almenares sueñas,
y a caso como Dios, sufres y gozas
ante las cosas grandes y pequeñas.

El mar te dá sus inauditos sones.
La primavera sus cambiantes rosas
y los altos poetas sus canciones!

*** Pico exhuberante de la coordillera
de la costa venezolana que protege
la ciudad de Caracas de los vientos
alisios procedentes del mar Caribe.**

¡Simón Bolívar!*

Belleza azul del Avila... El sol en las llanuras
y voces inauditas para la anunciación.
La arcangélica mano desmayada en ternuras
y en la flor de los sueños la materna visión…

Después, el hombre, el héroe en las alturas
bajo el conjuro heroico de la Revolución.
Sacrificios… Afanes… Desvelos y amarguras,
mas, siempre, a todo instante, galante el corazón…

¡Es Don Simón magnífico! Es Don Simón de América
que con su estol de pueblos y su palabra homérica
viene loco de glorias tras rudo batallar.

Y en Santa Marta —ocaso de sus patrios arrojos—
se le quedan exánimes los taumaturgos ojos
frente a la pavorosa desolación del mar!

* **Simón Bolívar(1783, 1830) héroe de la independencia SurAmericana.**

La Madre

Ni el mar azul, ni la radiante estrella
que ilumina la noche desolada,
se pueden nunca comparar con ella;
solícita, invariable y abnegada.

La madre es el amor, la rosa bella
por el óleo de Dios santificada.
Su mundo es la bondad, y como aquella
del divino Pastor, no pide nada…

Ni espera ni pide material regalo,
y ama su corazón al hijo malo
tal como al bueno… En mis panidas huertas,

Yo tengo como lámparas votivas,
una canción para las madres vivas
y una oración para las madres muertas!

Tu y Yo

Ya vez cómo es de rara y equívoca la vida:
vinimos a sus lides bajo la ley arcana
del Dios que da los goces como también la herida,
los dos en algún dulce rincón de paz aldeana.

Quijote yo sin lanza, sin yelmo y sin egida,
partí con mis ensueños al sol de una mañana;
en tanto tú, cual Sancho, la alforja al brazo asida,
ibas tras los señuelos de la Insula lejana.

Fue desigual la lucha... Mas aunque pobre y solo,
nada manchó los lauros con que me ungiera Apolo
cuya virtud son sueños que él transformó en victorias.

Buscamos cual los nautas el puerto apetecido,
y hoy somos ante el pueblo, al que jamás olvido,
tú el villano de siempre, yo el Cantor de sus glorias!

POEMAS

Exortación a los Poetas

I

Poetas:

      hagamos el verso moderno
que encante y asombre,
y deje un mármol de siglos, eterno
y en luz nuestro nombre!

Poetas:

      que el verso se arraigue en lo hondo
del alma y florezca cantando en la boca,
igual que la ola que viene del fondo
del mar al romperse en espuma en la roca.

Busquemos el verso oculto en la mina
de la propia entraña
con ahínco entero,
como en los subsuelos de obscura montaña,
a la piedra fina
el hábil minero.

II

Hagamos el verso cada vez más raro,
pero siempre lleno de azul armonía
y de un ritmo claro,
que sangre en belleza
del costado abierto de la poesía
luciendo el orgullo de nuestra grandeza!

El verso que alzando las alas en vuelo
cruce lo distante,
y busque entre fiebres de incógnito anhelo,
llevar hasta el cielo
el eco rotundo de nuestro Olifante!

Poetas:

      hagamos el verso moderno
que encante y asombre,
y deje en un mármol de siglos, eterno
y en luz nuestro nombre!

Sueño de la Resignación y de la Vida

I

¡Ah, quién pudiera resignarse a todo:
a ver el oro del lucero
engarzarse a los átomos del lodo.
Al pájaro en la jaula prisionero
por el solo delito
de poblar con su canto el infinito!
A la rosa nacer por la manana
en la quietud del huerto, y en la hora
crepuscular ver mustia su corola lozana.

Saber que entre el amago del peñascal bravío
nos va dejando como ofrenda
perennemente su canción el río,
sin que tal vez no entienda
nadie la voz con que nos habla el río!

Soñar con el amor de unas pupilas
y unas carnes en flor de mujer bella
que nos haga olvidar las intranquilas
noches de solicitud y de querella,
y nos brinde en su seno inmaculado

todos los filtros del pecado,
haciéndonos vivir entre el hechizo
de un encantado paraíso,
y comprender que irremediablemente
aquel encanto pasará,
como el rumor de alguna fuente
y acaso nunca volverá...!

II

Saber que en lo más íntimo del alma
llevamos una lámpara encendida
que nuestra propia enfermedad ensalma,
y cuya luz desconocida
nos va marcando el rumbo de la vida;
y pasar por entre la muchedumbre
bajo una oculta fiebre de bellezas,
y soportar tantas vilezas
en nuestro paso hacia la cumbre...!

Tender la vista por los universos
interiores y extraños,
y mirar el cadáver de nuestros bravos años
sobre una inútil floración de versos!

Saber el mérito del oro
en este siglo abstraccionista,
y preferir semiocultar el lloro
en la parábola optimista,
y no feriar nuestro decoro
ni nuestra fe idealista.

Leer libros y libros con ansiedad fanática
siguiendo los dilemas,

y ver quedarse la visión estática
ante la absurdidad de los problemas…!

Ver las arcas repletas del avaro
minúsculo e ignaro,
incapaz de albergar algún cariño!
y ver tendido en un jergón de estambre,
yerto de insomnio y de dolor un niño
o a un perro fiel a quien devora el hambre!

III

¡Ah, quién pudiera conformar el alma
en los crisoles de la ley ajena,
y perdonar en mentirosa calma
a toda mentirosa Magdalena!

Resignarse a la dura
voluntad del destino.
Soportar sin protesta una impostura,
y las más de las veces
estrangular en la garganta un trino
porque los bárbaros reveses
de la fortuna nos darán la pena
de tener que callar sobre el camino!

Ver la luna tender su chal de plata
sobre la ruta halagadora,
y ver que con la aurora
su chal se desbarata…!

Y así seguir nuestra odisea,
fingiendo un poco de bondad, de modo
que nuestra mano sea
un bálsamo de amor en cada herida,

y la voz fraternal de nuestro labio,
un salmo en cada angustia de la vida;
y vivir en la cumbre o en el lodo,
igual que Job, o como el asno sabio,
eternamente resignado a todo…!

Gusto Pastoril

I

Yo soy un hombre pastoril y gusto
del campo libre y de la brisa fresca,
del fruto del oro en el florido arbusto,
del barquichuelo y la marina pesca.

De la zagala de perfil robusto
distinta a la mozuela picaresca,
que sin reproches y sin ceño adusto
sueño de amor al corazón parezca.

De espiga y sol en rural plantío
al que en sus aguas cristalinas baña
y circunvala con su voz el río.

Y adoro más que a la ciudad extraña,
el silencio y la paz de algún bohío
oculto en un rincón de la montaña!

II

Gusto del labrador que en la alborada
vigoroso y risueño se encamina
con su morral, sus perros y su azada,
a cultivar la tierra campesina.

Mirar sobre las rocas la delgada
silueta de una garza peregrina,
y al gonzalico que en la empalizada
del viejo huerto alborozado trina.

Del compañero que en mi humilde casa,
escuchando mis trovas se solaza
y a muy gratos recuerdos nos convida…

Y gusto, en fin de todas esas cosas,
sencillas, adorables y armoniosas
que Dios nos da para alegrar la vida!

Plegaria Lírica al Libertador[1]

SIMIL

I

¡Padre de la patria, varón de la hazaña!
de los altos sueños y la fuerza extraña,
lleno de aquel hondo poder superior
que nadie ha podido lograr todavía
por las excelencias de tu bizarría
y tus ideales de Libertador!

Noble Caballero de los Caballeros
que dignificaste todos los senderos
con el patriotismo de tu corazón,
contra los autócratas, contra los tiranos,
contra los malsines, contra los villanos,
contra la impostura, contra la opresión!

Soñador insigne de los soñadores.
Comandante en jefe de los luchadores,
por entre los ínclitos, ¡Bolívar, salud!

---

[1] Se refiere a Simón Bolívar- don Simón de América, cantado previamente en La página 37 **¡SIMÓN BOLÍVAR!**

Salud tú que diste todo por nosotros
y acaso estés triste mirando cómo otros
se olvidan, ¡oh, padre!, de tu excelsitud!

II

Escucha, oh heroico Centauro de Clío!,
a un enamorado de tu señorío
de lo que extraña tu cíclopea acción.
Oye los fervientes ritmos de mis versos
urdidos con notas de sones diversos
y con los motivos de mi imprecación!

Ruega por tu patria, benigna y procera,
que a pesar del tiempo te exalta y venera
frente a las violencias y frente al error;
y por el patriota que con valentía
defiende tu heráldica insignia bravía,
tu nombre, tus lauros, tu prez y tu honor!

Ruega por nosotros que ya no tenemos
ímpetus homéricos, y apenas solemos
pulsar temerosos el viejo laúd.
Muestra a cada instante su fauces la fiera,
y contra el autóctono matiz de la era
bullen subterráneos presagios de alud.

Ruega presuroso, filial, compasivo.
Ruega con tu verbo sonoro y altivo.
Por nos interviene, reclama por nos,
pues ya casi estamos, la savia menguada,
sin fe, sin Quijote, sin Cristo y sin nada
que augure traernos tu espada o tu voz!

De tantas argucias, de tantas teorías,
de los disidentes, y de las baldías
frases que nos dicen baturro y doctor.
De falsos profetas.
De los demagogos y de las piruetas
que hacen los belitres buscando un favor,
¡Líbranos, Señor!

III

De los que irrespetan —voces irrisorias—
tu gloria más grande que todas las glorias.
Del clan literario,
del pillo extranjero y el criollo sectario.
De los que desdeñan la antigua belleza
de la poesía y la melodía,
y en cambio doblegan la obtusa cabeza
ante los grotescos bufones del día.
De tanto orador
¡Líbranos, Señor!

De los señorones con frac y chistera
que sólo son átomos de luz pasajera,
y los cortesanos que ceremoniosos,
lamen las sandalias de los poderosos.

De los mercaderes sin ley ni decoro,
con sus artilugios y sus ansias de oro;
y de los dictámenes
de algunos jurados en ciertos certámenes.

De los que nos quieren cerrar el camino
porque les molestan las alas y el trino

y ver en los huertos ajenos la flor,
¡Líbranos, Señor!

De los que nos quieren quitar sin motivo
el noble ejercicio del fuero nativo
olvidando deudas de eterno valor,
¡Líbranos, Señor!

De los rabulillas, doctos en cohechos,
que no han defendido los patrios derechos
con cívico ardor,
¡Líbranos, Señor!

IV

De los dictadores
y los esnobistas;
de los negadores,
de los arribistas
y de los traidores,
de los que no dicen jamás la verdad;
y de todo aquello que tu desecharas
con profundo horror
y con la pureza de tu gran lealtad,
antes que del brazo de Dios penetraras
en la eternidad,
¡Líbranos, Señor!

Noble Caballero de los Caballeros
que dignificaste todos los senderos
con el patriotismo de tu corazón,
contra los autócratas, contra los tiranos,

contra los malsines, contra los villanos,
contra la impostura, contra la opresión!

Ruega por tu patria, benigna y procera,
que a pesar del tiempo te exalta y venera
frente a las violencias y frente al error,
y por el patriota que con valentía
defiende tu heráldica insignia bravía,
tu nombre, tu lauros, tu prez y tu honor!

Salmo Lírico

Mujer maravillosa... Capitana
de un esquife de amor, claro y sonoro,
con véspero en el mástil de mesana
y con Simbad hacia las islas de oro!

Dulce mujer hermosa,
misteriosa y garrida,
con la gracia exquisita de la rosa
y el enigma inquietante de la vida!

Mujer para cantarla
junto del mar bajo la noche bella,
para charlar con ella y adorarla
como se adora en el azul la estrella!

Quién se fuera contigo, Capitana,
en tu bajel sonoro,
con véspero en el mástil de mesana
y con Simbad hacia las islas de oro!

Rapto

Me encanta esta mujer cuya blancura
evoca en mí los mármoles helenos.
Ala de cuervo su melena obscura,
filtros de amor los diminutos senos.

Lindas las piernas ágiles... La boca
como los ojos, bella,
y una suave dulzura que provoca
tenerla cerca y platicar con ella.

Hay en su gentileza
un dejo de olvidada aristocracia
que la inunda de gracia
y de cierto exotismo de princesa.

Es su voz cadenciosa
cual una melodía wagneriana,
y es sencilla y hermosa
como el primer albor de la mañana.

Mas, ¡ay! Pobre de mí, pues esa amada
mujer, es rosa del rosal prohibido,
y apenas puedo yo, con la mirada,
quitársela al marido,
en la imaginación, desde mi almohada!

Invitación al Inmigrante

Inmigrante que has venido
de tu lar a mis riberas,
atraìdo, quizás, sólo
por el oro de mis selvas,
por las perlas de mis mares,
por mis vastas coordilleras,
por mis lagos y mis ríos,
por mis floras y por mis huertas,
por el trigo de mis páramos
y mis gráciles palmeras.

Por los fúlgidos diamantes
y el petróleo de mis cuencas,
por el fausto con que exhiben
mis magnates sus riquezas,
por mis leyes liberales,
por mis amplias carreteras,
por las joyas enterradas
en mi suelo, según cuentan
los cronistas de otros días
y aún repiten las consejas;
por el alma hospitalaria
de mis gentes siempre ingenuas,
y por todo lo más grande
que nos dio Naturaleza:

yo te diera de los oros,
los diamantes y las perlas
con que sueñas inmigrante,
solamente si te fueras
calladito desde aqui
nuevamente hacia tu tierra,
pero en cambio me dejaras
tu mujer, tan linda, a mí…!

Evasión...

Eres bella, es verdad... Tienen tus ojos
la encantadora claridad del día,
y en tu sonrisa y en tus labios rojos
un dulce no sé qué de hechicería.

Flota sobre tus hombros, ondeante,
al ritmo de tu andar tu cabellera,
como en la mar, bajo el azul distante,
a merced de la brisa una bandera.

Son tus piernas hermosas,
y tus senos lozanos,
fingen pequeños pétalos de rosas
sobre pulidos cálices paganos.

El poeta —bohemio de la vida—
que admira la belleza, y cuyo anhelo
es alcanzar la dicha presentida,
te quiere hablar de su pasión extraña,
mas, lo detienes, como a un ave en vuelo,
con tu frialdad de témpano de hielo
y tu evasión de corderilla huraña!

Contraluz

Eres hermosa como el mar, y hermosa
como al fulgor primaveral la rosa,
o cual la espiga en el trigal serrano!

¿Sueñas viajar? no sé, mas, tus pupilas
giran al par serenas o intranquilas
cual si exploraran el azul en vano…

Eres moderna y displicente y vaga,
y aunque tu cuerpo escultural halaga,
eres ala sin rumbo en el sendero…
y a los mágicos mundos del artista,
prefieres el estádium deportista
o la fama pueril del pelotero!

Lástima sí, para el afán de amarte,
que tu frivolidad no admire el arte
del poeta en su génesis diverso,
pues es bello entre júbilos y trinos,
ver la luna rielar en los caminos
y oír en labios de mujer, un verso!

Imprecación

Hay un festín magnífico,
hay un festín en la mansión fastuosa
del poderoso:
mujeres, vinos, rosas,
todo cuanto a la humana frivolidad complace.

Paradojal sarcasmo… Burla desafiadora
frente al dolor del niño proletario,
frente a la anciana melancólica,
frente al obrero acongojado y solo
que ven desde las verjas de la casa dichosa,
desde el umbral de la mansión soberbia,
pasar las viandas primorosas,
los champagnes
en ánforas bermejas,
sin que haya una mano compasiva
que deje un pan en sus hambrientas bocas,
o un poquito de júbilo en sus ojos…!

Señor:
    ya que eres justo,
modifica tu ley, cambia tus normas:
haz un nuevo decálogo;
deja escuchar tu voz entre las sombras,
y déjanos vivir sobre tu mundo
bajo una igual distribución de cosas!

Metempsicosis

I

A veces en mi hondas desolaciones pienso
si en épocas pretéritas, quizás, yo fui un marino
que sobre el mar inmenso
cruzó tras la fantástica visión del Vellocino.

Que en mi bajel corsario, cual Sandokán un día,
luché bizarramente contra la adversa gente,
en la proa mi airón de rebeldía
y contra el rudo vendaval, la frente.

Yo siento por el mar el ansia loca
de estar junto a sus aguas soñando cosas bellas,
viendo un alancor de garzas en la roca
y en las frágiles olas un naufragio de estrellas.

También en otras horas pienso secretamente,
si habré sido en las épicas Cruzadas,
un paladín ingente
que se batiera bravamente;
en franca lid o aleves emboscadas,
del arcabuz entre el fragor creciente,
o entre un sonoro crepitar de espadas.

Tal vez como Rodrigo del Vivar, mi energía
fue realizando insolitas proezas:
ciudades conquisté... Salvé asperezas,
y con ingénita hidalguía
vencí canallas, liberté princesas!

II

Acaso fui un beduino que errante y solitario
 cruzó sobre el desierto bajo la tarde mustia,
con su canción y su dromedario,
loco de sed y pálido de angustia.

Quizás como el Quijote troté por la manchega
llanura en pos de la deidad divina;
fui desfaciendo agravios... Canté en música griega,
y supe de la intriga palaciega
y del puñal en la traición mezquina!

Tal vez por allì provengan por leyes ancestrales
mis nómades instintos de ensueño y aventura:
el alma se me embriaga de entusiamos marciales,
buscan rutas mis plantas y mi ambición, altura!

Siento complejidades dentro de mí y advierto
que ahora estoy extático cual la nave en el puerto,
apenas si distraigo mi indecisión cantando,
soñando
y esperando:
Soy como el ave de la selva, trino
y yo mismo no sé ni por qué trino!

Y así estoy mientras tanto ante el vacío
Aguardando el designio del arcano
Que paute nuevamente el rumbo mío.

Nostalgia del Caminante

No se si torne a ser lo que ya fuera
en el pretérito lejano,
como torna el marino a la ribera
y a sus bosques el pájaro serrano,
o por un misterioso mandamiento,
transformándome vaya lentamente
en algún monje franciscano
que hastiado de la vida y de la gente
busque la paz del alma en un convento...!

Divagaciones

I

Es una dicha en nuestra horas
de espiritual melancolía,
saber que hay almas soñadoras
como nosotros, todavía.

Pero a la vez me desconsuela
en las batallas de la vida,
mirar mi frágil carabela
por fieras rachas combatida.

Yo busco antídotos a mis males,
a veces, en la filosofía,
y gozo oyendo la armonía
que en los frondosos bucarales
o en la bucólica alquería,
dan a los vientos los turpiales.

Me gusta el verso lapidario
y la romanza dulce y fina,
y ver envuelto el campanario
en el cendal de la neblina.

Mirar la moza campesina
que con su cantáro de barro
hacia la fuente se encamina,
luciendo airosa y cantarina
su cuerpo elástico y bizarro,
mientras en vano, en sus prisiones
rugen hambrientos mis leones…

II

Pienso en las gentes y en las cosas
que suelen darme sus motivos,
y en mis vigilias silenciosas
trazo unos puntos suspensivos,
y digo en torno a complicados
temas y odiosos esnobismos:
¡líbreme Dios de nuevos ismos
y de pigmeos enfatuados!

Después regreso a mi casita
bajo el florido atardecer,
y allí me pongo a releer
algún axioma que me invita
a estar traquilo y a esperar
con más favor y más placer
que se realize mi anhelar,
como en su historia, el eremita
cuenta, de un nauta frente al mar;
y me consuela en esas horas
de espiritual melancolía,
saber que hay almas soñadoras
como nosotros todavìa…!

El Millonario

Ya ves, millonario: de cuántos placeres
se privó tu boca, se eximió tu alma.
Rosas de Citeres... Huertos de Florencia.
Vinos de Borgoña... Salones de Francia,
mostraban sus raros hechizos diuturnos,
mientras tú, celoso, cuidabas tus arcas...

Ya ves, millonario: cuántos desvalidos
vertieron sus lágrimas,
viendo que se iban llevando sus cosas
tus manos avaras...

Ya ves, millonario;
cómo sin pensarlo naufragó tu barca,
sin que por tu muerte llorara un cariño.
Ya ves, tú que nunca quisiste dar nada
pudiendo dar todo, vagarás ahora
por esos caminos, desnudo de gracia,
loco de tinieblas y remordimientos
pidiendo una dádiva,
la dádiva humilde
de alguna plegaria...

Ya ves, millonario,
como todo imperio mundano se apaga
cual una mentira,
como el tremulante fulgor de una lámpara
colgada en los muros
de una vieja casa...!
        Ya ves, millonario,
        como todo es nada,
        nada,
        nada...!

Salmo a la Muchacha Pobre

Muchacha pobre que naciste
en algún barrio triste
del pueblo obscuro o la ciudad remota,
y a quien la mano del destino
colocó en su camino,
cual sobre el mar la frágil visión de una gaviota.

Muchacha pobre, a quien desdeña
la niña rica que no sueña,
y en quien no posa su mirada
la señorona envanecida,
porque piensa, quizás, que no eres nada
junto a ella en la vida.

Muchacha pobre, cuyas plantas
no van al dancing regio ni al circo deportista,
y en cuyos senos núbiles, y en cuyas carnes santas,
clava el hombre sin leyes su codiciosa vista.

Sufre en paz tus pobrezas:
¡hay pobreza más digna que todas las riquezas!
Sola has librado incólume inexplicable luchas
que no libraran muchas…!

Nostalgia del Caminante

Vive alegre muchacha... Cuida tus dones bellos.
Hila en tu rueca el hilo de las horas tranquilas:
Tú eres rica del oro que flota en tus cabellos
y del azul sin manchas que duerme en tus pupilas!

Églogas de la Montaña

I

Muchacha campesina que me diste
en tu cántara gris el agua clara
de la fuente, y pusiste un reguero
de luna y sol sobre mis horas malas.

Te quiere mucho el corazón… Yo iba
loco de sed y enfermo de nostalgias,
cuando junto a la alberca del camino
me salieron al paso tus miradas.

Y charlamos al par... Tu charla indocta
y la fragilidad de mis palabras,
cristalizaron su emoción en una
diafanidad de música encantada.

Y fui dichoso en la eclosión del rito:
me embrujaron la gracia
tímida de tus manos,
tu seno agreste y tus pupilas glaucas.

II

¡Cuán hermoso el paisaje
en la feraz decoración serrana:
lejos de las vorágines del siglo
sentí dentro del alma
como si una mano misteriosa
fuera encendiendo en mi tiniebla el alba!

Muchacha campesina que me diste
en tu cántara gris el agua clara
de la fuente, y pusistes un reguero
de la luna y el sol sobre mis horas malas:
no quieras ir conmigo a las ciudades
done hay insidia y deshonor y farsa:
¡quedémonos, muchacha, ingenua y bella,
soñando para siempre en tus montañas…!

La Desventura Azul

I

Ser romántico es triste… Irnos a obscuras
por todas partes sin saber a dónde,
bajo el cansancio de las desventuras
en pos de algo que se nos esconde.

Quedarnos como en extásis soñando
con algunas incógnitas pupilas,
y ver que el tiempo se nos va alejando
como un solemne atardecer de esquilas.

Ir así por las aguas del ensueño
en un bajel de rumorosas velas,
y ser tan sólo nuestro dulce empeño
una bifurcación de carabelas.

Buscar amor y lauros y fortuna,
—esa ficción que al parecer nos salva—
y encontrarnos hablando con la luna
mustios de insomnio, la canción de alba.

Nostalgia del Caminante

Haber luchado tanto, y por doquiera
ir dejando pedazos de armonía,
para nunca llegar a la cimera
del Monte Azul con que soñara un día.

Ir apartando soñadoramente
de las cosas impuras la mirada,
y tener que sufrir la irreverente
incompresión hostil de la mesnada.

II

Como el viejo labriego, amar la era
y la bíblica paz de una cabaña,
y tener que vivir sin que se quiera
entre el ronco fragor de la urbe extraña.

Todo eso es triste, corazón. Es triste
irse como en la lírica leyenda,
buscando, acaso, lo que sólo existe
en la aúrea luz de imaginaria senda.

Y así vagar hasta perder la calma
sin encontrar nuestra ilusión secreta,
sabiendo que llevamos en el alma
la desventura azul de ser poeta!

Ruego...

I

Oye un instante ¡oh, Muerte!… Todavía
no vengas a llamar junto a mi puerta
con tu voz casi siempre inoportuna.
Tengo que viajar mucho: Francia, Grecia,
Jerusalén y Roma,
por cuyas calles cruzaré,
ávido de bellezas,
asombrándose de todo
como los campesinos de mi pueblo…

Ya que es mi afán peregrinar por sitios
y ciudades remotas
pobladas de románticas leyendas,
quizás no vaya a Yanquilandia,
la de los vastos rascacielos
y los laboratorios de petróleo…!

Bogaré bajo los cielos de Venecia
en góndolas de oro mientras flote
en el hechizo del paisaje
y entre un rumor de músicas eólicas,
el alma de Lord Byron...

II

Entraré a media noche con la capa al desgaire
y la melena alborotada,
con un libro de versos en las manos
y una eclosión de júbilo en los ojos,
en un bar madrileño
donde escribieron sus mejores cantos
los poetas bohemios...

Llegaré a tierra santa y extasiado
me tenderé a soñar bajo la sombra
de los olivos pensativos,
a cuya paz bucólica
olvidara el divino
poeta de las bíblicas parábolas,
el sinsabor de los caminos
junto a la fe de sus discípulos...

Quiero también ¡oh, Muerte!,
escanciar el champagne de los goces
en el vaso sensual de muchas bocas
femeninas.
Bocas de las mujeres esperadas
y apenas entrevistas
en la grácil mentira de los sueños!
Mujeres adorables cuyo encanto
anhelamos en vano
con tan férvido amor toda la vida...!

Saber algo de todo aunque imagino
que es más sabio el labriego
que Cicerón o Diógenes:
¡la verdadera ciencia está en la dulce

felicidad de todo lo ignorado!

III

Quiero hacer otras cosas
que no sé ni explicar, pero que tienen
la virtud de lo humanamente noble,
y sobre todo, anhelo,
—antes de que tú llames a mi puerta
con tu voz casi siempre inoportuna—
decir los versos que no he dicho,
pero que dentro de mi ser palpitan,
como en un florecer de alas azules;
versos en cuyos ritmos
quede flotando el alma de mis sueños
como el perfume de una rosa,
como la lumbre de una estrella,
mientras vuelvo a la vida
convertido en un árbol,
en un pájaro alegre,
en un viejo patriarca de aposturas marciales,
o acaso en una roca solitaria
de cuyo fondo emerja melodiosa
como una racha de cristal, el agua,
y en cuyo vértice tranquilo,
se detenga en las tardes
alguna garza a platicar conmigo…!

Epílogo

Yo sé que en estas épocas de las transformaciones
del Arte... En estas horas de las anomalías
no están bien esos sones
de las canciones mías.

Parece, según veo,
que gusta más lo abstracto y lo insonoro,
lo equívoco y lo feo,
que el sortílego encanto de la lira de Orfeo,
o las bellezas de los Siglos de Oro!

Pero yo, cual los pájaros sus trinos,
prosigo sin alarde,
diciendo bajo el ámbar de la tarde
mis trovas a través de los caminos…

Para mis versos solamente ansío
y le basta a mi goce cotidiano,
la palabra cordial de algún hermano;
o llegar a saber que sobre ellos,
cual una estrella en el cristal de un río,
posó con adorable señorío
una hermosa mujer sus ojos bellos!

Sangre de Espíritu

¡Sólo Dios sabe lo que cuesta un libro!
lectores que me oís… ¡Urdir ideas
hermosas, y con hilo de emociones,
entrelazar las sílabas dispersas
dejando en cada clápsula
el ritmo de una música secreta,
como la abeja en el panal sus mieles,
como la araña entre la red, sus sedas!

Es ímproba labor hacer un libro,
Y mucho más en estas horas nuestras,
atómicas y hostiles,
en que los versos son como esas piedras
que ya no busca nadie
en la virginidad de las canteras,
y en que los hombres andan
en sus máquinas férreas,
como fieros corsarios por las nubes…

Hacer un libro hoy es una cíclopea
obra de recia voluntad, ¡Dios mío!;
y lo más triste es presumir que puedan
no hallarlo bien las gentes enemigas,
y en cambio de un estímulo siquiera,
¡quién sabe: si lo arrojen!

Sobre un sucio desván sus manos feas,
sin comprender que en sus páginas
donde se rinde culto a la belleza,
derramó para todos en el mundo,
como la noche sus estrellas
y sus fragancias el rosal
la sangre de su espíritu el Poeta!

OTROS SONETOS

El Verso

I

El verso es todo en mí... Fluye bravío
o suave al ritmo de su magia extraña
del corazón, como la voz de un río
o como el vendaval en la montaña.

Por él acepté siempre el desafío
del malandrín que me agredió con saña,
y opuse a lo grotesco el señorío
que su apolínea excelsitud entraña.

Me dió dichas de amor... Mieles y vinos
bebí en éxtasis dulces y divinos
en bocas de mujer, lindas y hermosas.

Y al rumor de sus músicas secretas,
viví el dulce dolor de los poetas
el efímero encanto de las cosas!

II

El verso es todo en mí… A su conjuro
enarbolé mi nómade bandera,
y abandonando el pueblecito obscuro
partí en pos de otra ribera.

Tuve amigos por él y ante el futuro
entré en la lucha desigual y fiera,
y fue el verso en su símbolo más puro
quien el laurel del vencedor me diera.

¿Qué fuera yo sin mis canciones?, nada:
frágil barquilla sin timón perdida
frente al azul, sobre la mar airada.

Mas, por él puedo aún, tranquilo y fuerte,
mirar con cierto júbilo la vida
y con cierto desdén la misma muerte!

El Tríptico de las Transiciones

I

Hay veces que me siento humilde y bueno
como Francisco el soñador... En vano
me tentara Luzbel: me siento hermano
del árbol y del pájaro y del cieno.

A veces quiero ser como el gitano
que se va por el "mundo ancho y ajeno"
sobre su dromedario hacia un lejano
país, bajo el azul claro y sereno.

A veces quiero ser como el marino
que a merced de su incógnito destino
surca la mar en noches estivales.

Y arribar junto a Pafos o Citeres,
bajo un loco agasajo de mujeres
y entre un báquico estruendo de cristales!

II

A veces quiero ser el eremita
oculto en un rincón de la montaña:
bajo florido bucaral la ermita
y el encanto y la paz de una cabaña.

Desvaído sayal, ansia proscrita
del laurel tras la bélica hazaña;
y en el alma y en todo una infinita
dulcedumbre cordial de dicha extraña.

Amanecer cantando con el día
y encontrar en las cosas todavía
la que a su paso les dejó la estrella.

Y por las noches silenciosamente,
ir desplazando a solas de la mente
un cuerpo escultural de mujer bella!

III

A veces quiero ser el ignorado
labriego que en su rústico bohío,
no tiene más amor que su ganado
ni más tesoro musical que el río.

No sentir en el ánimo enroscado
eternamente el áspid del hastío,
y poder enterrar bajo el arado,
cual un grano de sol, el mundo mío.

Mas, a veces me invaden encendidas
rachas de rebelión toscas y fieras
que me van empujando a bravas vidas.

Quiero entonces al son de albas guerreras,
decapitar cabezas engreídas
y llegar hasta Dios con mis banderas!

La Divorciada

Es bella aún… El ritmo de los años
nada al pasar en su rosal deshizo:
boca sensual y negros o castaños
sus ojos llenos de inefable hechizo.

Racha sutil de nébulas y engaños
la sumergió en su vórtice impreciso,
mas, teje como ayer, sueños extraños
en su rota ilusión de paraíso.

Anhelo a veces platicar con ella
como en las noches con alguna estrella,
de su vida pasada y de la mía.

Y ver si tras el diálogo galante,
descubro si aquel hombre era un farsante
o que su corazón no lo quería!

Vesperal

Estoy mirando el mar… En la ribera
restos de velas naúfragas… Saturno
radiando en la extensión, y en la cimera
del monte azul, un árbol taciturno.

Rasga el silencio del cristal diuturno
de las aguas, la barca marinera,
y como huyendo del cendal nocturno
la luna esboza su perfil de cera.

Vienen hasta mis éxtasis, aquellas
horas de ayer: mujeres, lauros, rosas:
—decoración fugaz de estampas bellas!

Mas, ante el oro vesperal me aflige,
pensar en tantas cosas armoniosas
que he podido decir y que no dije!

Nuestra Casa

Esta es la casa de la poesía
en la que puede hallar en todo instante,
lejos de la ciudad y sin falsía,
un oasis de paz el caminante.

Encontraréis junto al rosal fragante
a la mujer que le hace compañía
a un viejo soñador que en incesante
afán urde quimeras todavía.

Aquí hablaremos de distintas cosas:
del amor, del ensueño, de las rosas
y de la vida frívola e incierta.

Y en tanto os dé mi ruiseñor su trino
y gustéis de mi pan y de mi vino,
mi perro fiel vigilará la puerta!

Atardecer Marino

Bella tarde estival… Por la colina
el sol diluye su fulgor postrero,
y viene de la cumbre la neblina
en lento descender hacia el sendero.

Sobre el derruido murallón se inclina
a merced de la brisa el cocotero,
y en el azul distante se adivina
tras de las nubes el primer lucero.

Yo estoy junto a los árboles a solas
escuchando el arrullo de las olas
y la canción de un pájaro en el pino.

Y en tanto mi emoción mis penas trunca,
me parece que te amo hoy más que nunca
bajo este hermoso atardecer marino!

Sacrificio

Es doloroso pero es cierto, hermano:
para poder triunfar en la contienda,
se necesita espíritu mediano,
labia en los labios y en los ojos venda.

Pactar con el truhán, con el villano;
decirle sabio al que de nada entienda,
y ofrecerle al hipócrita la mano
y al malandrín que llegará, la tienda.

Romper contra el peñón que nos rodea,
calladamente nuestra propia idea,
romper los versos y abdicar del rito.

Fundirse todo en el contrario credo,
sin poner en las úlceras el dedo,
ni ante la eterna sinrazón, el grito!

Nostalgias de mi Tierra y de mi Vida

1

Fuera yo como ayer cuando la vida
vibraba en mí como clarín guerrero,
y era mi juventud ala tendida
en vuelo vertical hacia el lucero.

Cuando iba con el alma estremecida
al amor de algún júbilo hechicero:
entre los labios la canción florida
"y en la mano el bordón por compañero".

Hoy cruzo la ciudad frágil, signada
de gentes cuyo diálogo baldío
a mi lírico afán no dice nada…

Y a través del más mínimo recodo,
sólo siento en mi espíritu hastío
y la nostalgia de mi tierra en todo!

2

Nostalgia de esos áridos caminos
por donde erraran mis pupilas locas
buscando amor, y músicas y vinos
en el primor de femeninas bocas.

Color de los crepúsculos marinos
vistos ayer desde empinadas rocas;
y misterio fugaz de ojos divinos
bajo el trasluz de conventuales tocas.

Deleite de pulsar cuando la luna
tiende su chal, el bandolín sonoro,
sobre el dúctil cristal de la laguna…

Y de oír en la trémula alborada,
que nos despiertan los canarios de oro
con su gorgear, en brazos de la amada!

3

Congoja de la súbita partida
hacia el enigma eterno de lo arcano,
de la madre solícita y querida,
del padre austero y del cordial hermano.

Recuerdos de la lucha enardecida
contra el rencor injusto del villano;
de la cabaña entre el cedral perdida,
del perro fiel y de mi azul serrano.

Angustia inexplicable de la espera
frente a la impavidez del infinito
en la desolación de la ribera.

Y evocación de la Estambul remota,
mientras alzamos hacia el cielo el grito
y hacia la Esfinge la palabra rota!

4

Asombro de mirar cómo se sube
y en la cima después se pavonea,
el Ginecillo bicolor que estuve
oyendo hablar entre la turba fea.

Dolor del mundo hostil por donde anduve
como el Quijote en desigual pelea;
y ver que a veces se trasforma en nube
o en polvo, acaso, lo que se desea…!

Pesar de no haber sido lo que hubiera
podido ser cuando mi vida era
condotiero del mar en rebeldía…

Y ver en tanto que la duda avanza,
muy lejos el azul de la esperanza
y muy lejos el triunfo todavía!

5

Recuerdo de mis bellas mocedades
cuando en pos de fantásticos amores,
iba por entre villas y ciudades
"deshojando mis versos como flores".

De cuando mis tranquilas soledades
engalané de pájaros cantores;
y opuse a las pequeñas mezquindades
mi voluntad, sin odios ni rencores.

Nostalgia del balcón y de Julieta
y del laurel que tras la lid fue mío
para gloria del hombre y del poeta.

Y nostalgias del árbol y la roca,
donde yo te esperaba junto al río
por ver tus ojos y besar tu boca!

6

Tristeza de los cánticos perdidos
entre un desdén de tornadizas manos,
y de mirar que cual deshechos nidos,
—alas y vuelo— se volvieron vanos…

Congoja de evocar los años idos
en estériles ímpetus humanos,
y ver los surcos de la sien, ceñidos
por el nevar de los cabellos canos!

Saudad de esas mujeres cuyo encanto
no conquistara mi amoroso canto,
ni el reclamo fébril de mis antojos…

Y que aún me hacen sentir cuando las veo,
en la carne el dolor de Prometeo,
y el suplicio de Tántalo, en los ojos!

7

Recuerdos de mi potro y de mis viajes
por aquellas regiones montañosas,
con la decoración de sus paisajes
y sus muchachas tímidas y hermosas.

Con mi cuatro de rústicos cordajes
y el ritmo de mis coplas armoniosas;
con su trigo, y su niebla y su celajes,
y su candor de campesinas cosas…!

Visión de los que hicieronse muy gratos
en los coloquios del festín un día,
y que luego, al triunfar, fueron ingratos…

Y saudad de ese ayer en que me pierdo,
con sus horas de pena o de alegría
que hoy quiero recordar y no recuerdo!

8

Recuerdo inextinguible del hermano,
que como en la parábola agarena,
partió conmigo, en el abril lejano,
la recóndita miel de su colmena.

Oyó de Ulises el consejo, en vano
y al embrujo de amor de una sirena
puso su corazón entre su mano,
como un lampo de sol sobre una almena.

Juntos salimos a buscar la gloria
frente al vago señuelo del destino
que nos marcaba rumbos de victoria.

Mas, por designios de contraria suerte,
le vi caer de pronto en el camino
bajo el zarpazo aleve de la muerte!

9

Nostalgia de mirar a los reflejos
del recuerdo con ojos abstraídos,
cual por sobre de ilúcidos espejos,
cruzar la sombra de los goces idos.

Lejos del diario deambular, y lejos
de los seres difuntos y queridos,
sólo se ve con resignados dejos
venir el aluvión de los olvidos...

Tú que ves con pupilas desdeñosas
toda ajena inquietud, toda esperanza:
piensa frente al enigma de las cosas,
que, tras cada cabeza envanecida,
hay un fiero dolor en asechanza
y una gran calavera sonreída!

10

Recuerdos de la tibia madrugada
cuando a través del lago cristalino,
logré llegar a la ciudad amada
del sol, con mi emoción de peregrino,

Fija en todos los lindes la mirada;
alta la frente y el andar sin tino,
y como vela en el bauprés izada,
mi corazón en manos del destino…

Noches de la bohemia y de la orgía
y como en el Cantar de los Cantares,
cénaculos de amor y de poesía.

Y bajo un claro cielo ignicoloro,
el ritmo de la brisa en los palmares
y el viejo "Tigre" en sus cubiles de oro!

11

Después, otra ambición y otro espejismo
frente a la luz del augural lucero,
y sin temor al vendaval, yo mismo
marcando a mi bajel el derrotero.

Luego, Caracas, donde el patriotismo
del Hombre-Sol dignificó su fuero.
Caracas la de ayer cuyo idealismo
embriagaba de júbilo al viajero…!

Nuevas andanzas por distintas rutas,
siempre contra Carujo en desafío
y contra Sancho en lógicas disputas…

Y temiendo morir en tierra extraña,
un vivo afán de regresar ¡Dios mío!
como el viejo turpial a mi montaña!

12

Nostalgias de mi vida provinciana,
con el huerto, y la plaza y las callejas;
con el halo de paz que nos hermana
y el dulce encanto de sus cosas viejas...

Coloquios con la novia en la ventana
o en el portal de coloniales rejas;
y evocaciones dulces de la anciana
que nos contaba historias y consejas...!

Nostalgia del Caminante

Hoy cruzo la ciudad frágil, signada
de gentes cuyo diálogo baldío
a mi lírico afán no dice nada…

Y a través del más mínimo recodo,
sólo siento en mi espíritu el hastío y
la nostalgia de mi tierra en todo!

ENDECASÍLABOS

Salmo Marino

¡Oh, viejo mar hermano del poeta
y lo mismo que él, manso y bravío,
con esa cierta sugestión que inquieta
y ese hermoso matiz de cielo y río.

A todo corazón que te interpreta
plácele, en el otoño o el estío,
platicar junto a ti con su Julieta,
como en sus horas de solaz, al mío.

Me gusta ver pelícanos y garzas
cruzar sobre montículos y zarzas
bajo el hechizo de las tardes solas.

Y engañar mis nostalgias y mis penas,
a la voz de tu pérfidas sirenas
y a la música eterna de tus olas!

Alma Helénica

"La tierra en que nací
se llama Atenas".

Yo no soy de estas épocas… Las cosas
que solemos captar crispan mis venas:
me gusta ver el sol sobre las rosas
y las olas del mar en las arenas.

Me complacen las pláticas amenas
con mujeres románticas y hermosas;
los vinos en las ánforas helenas
y la espada en las manos victoriosas.

No celebro la equívoca estructura
de lo abstracto, ni el modo incoherente
de la superficial literatura.

Y así vivo soñando en mi decoro,
ser en contraste con la edad presente,
un Caballero de los Siglos de Oro!

Norma

Yo soy un soñador de la armonía
y a la belleza, a la razón sujeto,
que gusta aprisionar su poesía
en la jaula de oro del Soneto.

No me adhiero a las técnicas del día
regidas por la ley del irrespeto;
y en las lides de Apolo son mi guía
sólo las altas voces que interpreto.

Trato de que mi férvidas canciones
embriaguen de emoción los corazones
dejando en ellos melodiosas huellas.

Porque verso sin música no es nada,
como es nada un guerrero sin espada
y las noches marinas sin estrellas...

Frente al mar

Frente a este viejo mar que tanto quiero
recuerdo siempre la montaña mía
y la casita a orillas del sendero
donde dichosa mi niñez corría.

Evoco mi optimismo veinteañero
y mi bohemia, loca de armonía,
cuando llegué a un playón maracaibero
con mis ensueños y mi poesía.

Las muchachas románticas y hermosas;
el Lago azul, las palmas rumorosas
y los jardines de flagrante efluvio.

Y revivo pretéritos placeres
releyendo los cantos de Udón Pérez
y los salmos de amor de Sánchez Rubio.

Júbilos de Otoño

Es bello el otoño todavía
contemplar en la gloria del paisaje,
una airosa muchacha en la alquería
y un pájaro trinando en el ramaje.

Irnos alegre por ignota vía
en la ilusión de imaginario viaje,
con el amor y con la poesía
de nuestro propio corazón salvaje.

Leer siempre los versos de Darío
cuya música excelsa nos solaza,
en las lúgubres horas del hastío.

Y ver después cuando la luz se aleja,
un manojo de rosas en la casa
y el amor de unos ojos en la reja!

Todavía

*… Dadle la fuente
y en el fondo del valle algún molino.*

—**Camin**

I

Dejad que en mis nostalgias de poeta
me sienta algo dichoso todavía
llevando a los balcones de Julieta
los ritmos de mi ingenua poesía.

Que me innunde una paz de anacoreta
lejos de la vulgar vociglería,
con mi dulce esperar y mi discreta
predilección por la filosofía.

Dejadme que no aplauda emocionado
al que, acaso, escuchándole, te asombras
y celebras su verbo atolondrado.

Y dejadme soñando en la ribera,
con la lumbre que busco entre las sombras
y el azul que tremola en mi bandera!

II

Dejadme que me aleje de las cosas
y de la gente en quien mi fe no crea
sin que ose alguno mancillar mis rosas
o encadenarle al corazón su idea.

Que vuelva a recorrer rutas gloriosas
y adore más que la ciudad, la aldea,
con sus muchachas núbiles y hermosas
y el embrujo de amor que la rodea.

Dejadme que en el campo labrantío
mire al sonoro zigzaguear del río
la garza, el sol, el buey y la cabaña.

Y como alivio a mis angustias hondas,
que oiga el trino de un pájaro en las frondas
y las voces de Dios en la montaña!

Itinerario

Poeta del ayer, canté la hazaña
de los héroes, y todo a mi albedrío.
Amé el laurel, el arte, la montaña,
las mujeres, los pájaros y el río.

En rosas de ilusión troqué el erío,
sentí el latir del cosmo en la entraña,
y se fue por los mares mi navío
desde mi tierra hasta la tierra extraña.

¿Erramos?: Si señor. ¿Quién no lo haría?
Mas, yo supe eludir con energía
los caminos que llevan al fracaso.

Y si un venablo audaz rozó mi escudo,
me pudo molestar, pero no pudo
romper mi voz ni detener mi paso!

Extravío

I

Dichoso usted, don Juan, pues jamás quiso
dejar su pueblo, ni la vieja casa
colonial, con sus frondas y ese hechizo
de hidalga sencillez que nunca pasa.

Con aquél no sé qué de paraíso
terrenal, donde airosa la rapaza
prende a veces un júbilo indeciso
de amor o de ilusión que nos solaza.

Con su alberca, su potro y el plantío
al que brinda en su pifano salvaje
sus cosechas bucólicas el río.

Con sus garzas soñando en los jagüeyes,
y con todas las luces del paisaje
rielando en las pupilas los bueyes!

II

¡Qué iluso fui!, ¿verdad?: una mañana,
salí dejando la montaña mía
por irme en pos de la ciudad lejana
con mis ensueños y mi poesía.

Allí cambie mi libertad serrana,
mis eglógicas horas de armonía,
por la dicha fugaz, frívola y vana
que la ciudad tornátil me ofrecía.

¿Llegué a triunfar? no sé. Tan solo os digo
 que a los triunfos efímeros prefiero
mi antigua paz y mi lebrel amigo.

Busqué la gloria y la fortuna, pero
hoy sé que no hallaré lo que persigo
sino en el mundo en que viví primero!

El soneto

Salmo de Dios en cítaras de oro.
Rey de la corte rítmica. Presea
del soñador en el panida coro
y pendón que en las cúspides ondea.

Fragua de amor para bruñir la idea;
fuga de Bach en el festín sonoro;
gemario en el que Laura se recrea,
nervio en el ala, y en la lid, decoro.

Lampo de nieves en el peñón obscuro;
lámpara de cristal. Santuario puro
envuelto en ritos de inviolable historia.

Y así del arte en la elación más bella,
es el Soneto, para mí la estrella,
o un sueño azul transfigurado en gloria!

Evasión

Me voy algunas veces peregrino
de un antiguo ideal que en mi no ha muerto
 a través del idílico camino
que va en ziz-zac hacia el playón desierto.

Mueve desde los valles el molino
sus aspas al vaivén del aire incierto,
 y me embriaga el aroma campesino
que flota entre los árboles del huerto.

De pronto en el silencio alucinante
del bosque, viene a mí dulce y distante
un confuso rumor de ecos en coro.

Y en tanto absorta mi ilusión persiste,
sueña mi corazón—sátiro triste—
 con cuerpos de mujer y sistros de oro!

Pasión

Amo el embrujo de tu voz… La risa
que fluye alegre de tu linda boca,
y ese temblor de tórtola insumisa
de tu seno ideal que me disloca.

Amo tu cabellera que se iriza
cuando al pasar el céfiro la toca,
y el ritmo de tu pie que se desliza
como el agua de mar sobre la roca.

Amo tus piernas ágiles y bellas;
y tus ojos que fingen dos estrellas
frente al naufragio de mi vida obscura.

Y te amo en todo aquello que te aureola,
porque para el poeta eres tú sola
su mundo azul y su ilusión más pura!

Contrastes

Es triste ver mustiándose en el huerto
y en solicitud las últimas corolas,
y ver romperse en el playón desierto
frente a la muda inmensidad, las olas.

Mirar la nave que se va del puerto
dejando el alma con su pena a solas,
y oír de las Sirenas el concierto
entre un vago rumor de barcarolas.

Mas, es bello en las horas vespertinas
contemplar el tañer de la campana,
un alegre girar de golondrinas.

Y a volver de la lucha cotidiana,
ver la luna rielando en las colinas
y un rostro de mujer en la ventana!

Nostalgias de la Tarde

I

Del rosal que las pobres manos mías
cultivan con unciones fervorosas,
cortando fui con santas alegrías
para ofrendarlas, sus mejores rosas.

Como en los ritos de galantes días,
urdí mis trovas para las hermosas
y dejé mis dolientes elegías
sobre el dolor de funerarias lozas.

Puse en el alma de mis versos todo,
y como el árbol, a su ingenuo modo
mi corazón distribuyó sus dones.

Alguno oyó mi voz emocionada,
mas casi siempre se perdió en la nada
el eco fraternal de mis canciones!

II

Sin embargo yo soy el hortelano
que en los áridos surcos de la era
vuelve a enterrar el diminuto grano
y se pone a esperar la primavera.

Con San Isidro Labrador y hermano
fui prolongando la callada espera,
como en la gris desolación del llano,
bajo tórridos soles, la palmera.

Goce de sembrador… Rosal que adoro
y a cuyo encanto familiar añoro
nombres que el corazón ata y desata.

Mas seguiré cantando como el río,
aunque no escuchen mi canción, ¡Dios mío!,
el hombre malo o la mujer ingrata!

LAGNIAPPE

Tu estas en mi, yo en ti

Miro con tus ojos
y sonrío con tus labios.

Hablo con tu boca musical,
y todo yo,
siento la fragancia
que emana de tu idílico ser.

Y al asir tus manos de seda,
cada pedacito de tí
me conmueve.

Tu cálida piel,
solar como el astro rey
me enciende y su fuego,
me devora sin piedad.

Eres el alivio de mi ser.
Por eso quiero estar en tí
y nada más.

Al escuchar tu canto de sirena,
soy prisionero, no tengo escape.
Me condeno a cadena perpetua;
vivo en tí y no te quiero dejar.

Rafael González
Nueva Orleans, 2014

www.ingramcontent.com/pod-product-compliance
Ingram Content Group UK Ltd.
Pitfield, Milton Keynes, MK11 3LW, UK
UKHW022215230426
12048UKWH00016BA/855